上玄高山望平川

徐健明

阳光文库

上去高山望平川

阿尔 —— 著

黄河出版传媒集团

阳光出版社

图书在版编目（CIP）数据

上去高山望平川/阿尔著. -- 银川：阳光出版社，
2023.12
ISBN 978-7-5525-7190-5

Ⅰ.①上… Ⅱ.①阿… Ⅲ.①诗集－中国－当代
Ⅳ.①I227

中国国家版本馆CIP数据核字(2023)第246090号

上去高山望平川

阿 尔 著

责任编辑　周立军　谢　瑞
封面设计　晨　皓
责任印制　岳建宁

黄河出版传媒集团
阳 光 出 版 社　出版发行

出 版 人　薛文斌
地　　址　宁夏银川市北京东路139号出版大厦（750001）
网　　址　http://www.ygchbs.com
网上书店　http://shop129132959.taobao.com
电子信箱　yangguangchubanshe@163.com
邮购电话　0951－5047283
经　　销　全国新华书店
印刷装订　宁夏凤鸣彩印广告有限公司
印刷委托书号　（宁）0028828

开　　本　710 mm×1000 mm　1/16
印　　张　14.75
字　　数　100千字
版　　次　2023年12月第1版
印　　次　2023年12月第1次印刷
书　　号　ISBN 978－7－5525－7190－5
定　　价　58.00元

自序

  这部诗集《上去高山望平川》，借用的是青海流传已久的一首同名花儿，歌词寓意深刻，富于想象。这首花儿采用的曲调是"河州令"。"河州令"是花儿中流行广、影响大、有代表性的曲调之一，旋律高亢开阔、自由舒缓，富有西北地方色彩特点。

  选用民歌作为这部诗集的名字，是我多年来对地域性诗歌写作的实践。

  收录在这部诗集里的诗歌，都是 2013 年以后的作品，是我游历西北大地的过程中写就的。这些诗歌，总能让我回想起在路上的那些破旧不堪的小旅馆，被风吹得呜呜怪叫、灯火摇曳的只有我一人值守的镇政府大楼，老乡家暖融融的炕头，长江源头月圆之夜狼嚎的清冷，海拔 6200 米的雪山之巅……

  羁旅中的城市印象，在西北山川中的漫游歌吟，或是在地图上都找不到的千年古堡，在西海固乡村蹲点采访每天见云遇山的大喜小悲……它们构成了这部诗集的基调和色彩。

  三年前，萧煜曾以贺兰山为主题创作了一系列当代绘画作品，这些作品深深震撼了我。这几年来，我经常会前往贺兰山和当代艺术家萧煜，"80"诗人、宁夏画家九画经常在贺兰山星空下畅谈，感受"上去高山望平川"的激情，探讨有关读书和艺术创作的话题。感谢他们让我能够更有向度地写作和思考。

非常有意味的是，其间，我曾受诗人邱新荣老师的委托，编选一部关于宁夏地质的诗歌选集，因此阅读了不少关于贺兰山地质方面的史料，亿万年前的贺兰山，远古的贺兰山，像凡·高手中剧烈燃烧、滚动的炽热笔触，把我带入贺兰山巨大的诗意之中，并写出了《山谷遇石》和《贺兰海》等一系列诗歌作品。高山仰止，作为写作者而言，莫过于此。

在高高的贺兰山之巅向远方眺望，漫漫淼淼，植物、石头和山一起生长，此时的城市反而是渺小的，在苍穹下，成为一马平川上的一个点。但不管今天的城市如何，她庞大的躯体里却安放着我们的家，我们的爱。

我们的爱是微小的，但又是巨大的。少年时代，我第一次远离了贺兰山，随出差的父亲去往首都北京，父亲牵着我的手走进王府井的一家书店，为我买下一本小人儿书。而今，已80高龄的母亲白发如雪，让我想起多年前的那个黄昏——她下班时，从贺兰山下的那座军工厂为我带回了一本诗歌杂志。

其实，作为人类，我们的命运是一眼可以望到头的。

我们即便上了山，还得下山，走上回家的路，坐在车里风驰电掣；望平川，到达平川上的城，如维特根斯坦所说，"但精神萦绕着灰土"。

这样的命运我们必须欣然接受，我的诗歌更是。

感谢恩师陈继明先生在我漫长、无休止，既幸福又折磨着的写作生涯中对我的爱护和启蒙，感谢30多年前相遇的好友金瓯，他的渊博和极富想象力的现代性写作，使我的写作摆脱了庸常的审美观和文学观，走上了属于自己的写作之路。

阿尔

2023 年 11 月

目 录

第一辑　苍穹下

太阳城札记

在这一天

我睁开眼睛

哦，太阳城

明晃晃的

像月亮，暗夜之刃

她逼近我局部的黑色部分

枯萎之冬

我们都知道

时候到了

巴黎到了

埃菲尔，请在莫里森长眠之时

告诉我：

即使是秘密还有未知的封印之门

是这个地方了

是这座城

迎着风我们路过自身的庞大

手指局促

青鸟掠过腐蚀之海

你所期望的是哪一个

太阳之城

她在兴庆府，西夏公主掏出塔罗牌

清算随时而来的雪和雨

就是在十三月

我也比你多拥有一个太阳之城

它是多么贵重的金属之城啊

倾斜了一个彻夜的烟蒂

发出飘忽之光

真的

你应该知道

太阳城就在那儿

就在她的居所看人间闪回

世界此时比爱还干净

她熄灭火苗

我举起火烛

哦，你看看

太阳城空空荡荡

看尽王座的荣耀

微尘甚嚣

一个太阳城，就在尽头了

一个闪烁之城，就在消逝的

尽头了

乐队走过这个城市

乐队走过这个城市

星光灼伤了谁的手

安全岛孤零零的

布鲁斯沉醉的蔚蓝

海水在月光下飘过西部

我们只能是人类

唱着哀伤的创世之歌

其实是没有小号和萨克斯的

就像爱情她芬芳却无迹可寻

打击乐手他更显得孤独

在凉缘酒吧的这个夜晚

我们过多的耽于丹麦白啤

这些多余时代的泡沫

她们此刻安静于一个打开的容器

即使是拥抱

她也是冷冷的

若是焦灼

世界总有异己分子

城市总能给你我安慰

牙买加的雷鬼乐

李胡克或是布鲁斯

我看见自己走过这个城市

遥远的已经遥远

你看见那些带着吉他或是鼓槌的身影

他们和更多的梦境

来到这个城市寻找心灵补给站

"那一瞬你是我的燃烧

我们匆匆而过

蜡像，以及占卜者

摩卡的不眠夜

正如克莱帕顿说的漫漫长途

我和乐队一起走过这个城市

机车在子夜呼啸

遇见这么多的自我之幻影

拼凑、撕碎抑或重生"

在阿拉善眺望

当我在阿拉善眺望她们

高原如石头纷纷飞起

风细细吹起手中的流沙

这或许是又一次抵达

而在这个下午一杯摩卡吞吐

世界存在的气息

热着，这夏季的六月

银川或许下起了雨

一小块马德兰点心不会

在矫情的爵士乐复苏一个人的

另一个梦

我只是走在阿拉善

汗流浃背

我现在是在佛塔下面休憩片刻

我或许在脚下踢着那块红色的石子

我看着她

这个下午
敦煌比大海还要拒绝沸腾

在达镇

这个年代想念是过于遥远的事
即使是在达镇即使在多年以前
即使在银川我看见高铁驶进未来
我们早已失却对这个世界的灿然想象

只是在达镇
我们不会为豪饮六十度大瘰子烈酒
而感到心脏发慌
在高蹈中穿越经幡弥漫的沙漠
遇见达镇的情人和千年胡杨
红衣的喇嘛从黑城飘然而过
他从哪儿来还要去何方

这是九月的黄金赤裸而舞
在达镇我会徒劳的想起
你那美丽的脸庞
摇曳在仓央嘉措的心上

拉萨记

让我想想
还有什么可以再仔细想想

整晚整晚
有音乐遮蔽这个城市
有黑色在夜色中站立
我就此痛饮这愉悦的液体

她是畅通的
高架桥望月
像现实主义者的迷茫
双手垂下在物理的语境中

我也是太多的低首的远遁之人
我是曾经迷恋比汽车尾气还要命的玩意儿
就像街头画像的流浪艺术家
在湖边，我看清太多的浑浊和稻草

而在路上

不会再有金斯堡、凯鲁亚克

只有格斯顿金酒

或是呼市二锅头

我们就是彼此消失的存在主义者

默不作声而互相对望

现在是湖水比拉萨的蓝天还要清澈

你知道我会看见白色的天鹅

在经幡的永生里游弋如夺目的天堂

弗罗斯特的卷子

接近正午有东西落下来

但我并没看见什么

我打开音响

是爱丽丝囚徒

还是平克佛洛依德

其实我是想起了弗罗斯特

他常说林中有两条路

我们该走那条人迹罕至的

我懂的

问题在于

在路上的时候

我该不该带上那瓶十五年的格兰菲尼诗

或者

两手空空

伐木工在那儿

切割路上的那棵大树

电锯发出的巨大声响

将我和路遮蔽得又深一些了

石头记

甚至不可以燃烧

这些神秘的事物

从阿拉善高原

一路奔腾而至

只能是仰望

星空承载了赤裸的呼吸

甚至日头也是冰冷

这些巨兽接近苍穹

在大地上起伏

就让我上升

即使无爱也有聆听的喜悦

甚至死亡也是永恒

这些本身就是逝去

沙漠、幽谷、兰草

我遇见更少的自己

穿越云之下的苍穹

甚至我们已是密不可分
这些庞大的阴影
遮蔽了红色、玛瑙甚至双手
甚至这一切早已足够
这人世不需要太多停留
在路上我看着你们慢慢
淹没我和更多的石头

致 H：黄色潜水艇

我们正穿越时光

蓝色地球上站立着孤独之心俱乐部

后视镜冲撞出高速之雨

暗藏黄色的一个伟大列侬

他坐在那艘潜水艇里

怀抱吉他

胸怀靡靡之音

多年以后

我还是怀念这个时代：

音乐，花童，赤裸之心

端起手枪的神秘使者

离别的哭泣

遗忘之后的隐隐哀伤

就让我在此刻走下去

和你在雨中，凝望归处

这是黄色的潜水艇

她在你怀中熟睡像婴儿甜美

却也充满爱的委屈

这些日子即便飘落尘埃

我仍看见春天这一艘黄色的潜水艇

多么迷幻的年代!

我们耽于美食,信仰,亲吻

身后是灵武,吴忠,同心

连绵不绝的山峦从碧空掠过

一面湖水

映照这一艘黄色的潜水艇

"是沉浮的暗影复苏你沉睡的眼睑

西北的黄色谣曲尘封

这远方更近的青铜明镜"

湖 畔

有水，就是岸了
还有斧头
但他却苍老
砍柴误了磨刀工
奔走
扛着 2015 年的初雪
是倦了，多么冷！

这已是命定之冰
切开即融，一支雪茄
足以探戈
一杯水只是水
身体被空洞盛满
春日迟迟，有些暖了
昨天，我曾试图到达

"在山涧谛听

心不是内心

我站在湖畔

子夜

城市说有光

出租车驶过

那风，夹杂着刺骨之痛

尘埃或是耽于声色

在湖畔遥望一串串街灯

山色湖光

故国只是一次词语的旅行

只有你在帝王梦中"

月过东山

月过东山

有戏在唱

————题记

这一日是将进的大杯喧嚣

驱车于 2015 年六月之夏

山中丰满带绿

后视镜泉水流淌

这隐匿之旅

是幕启

还是暮色渐沉

这一刻多么清澈！

而当命运遭遇锣鼓

"被掠过的不止是绕梁之焚烧

这是比庞大还要细微的事物

因此只是等待

当世事进入火焰的梦境

我将是最后进山看月的虚无之觞"

夜 机

她们是被翅膀所填充的黑暗
在夏日在日光展开的缝隙里
我们自身也好像在盘旋晕眩
只是我们被继续穿越
在喘息之后
剩下的依然怀抱弯月之冷：

"她划过闪电的雨季
这座城显得迟疑而犹豫
在夜色里你点燃一支"555"
然后摁灭
而一个老人弹起布鲁斯
我们不是来自密西西比
夜机在南方的云朵之上摇曳
她会生成抵达之后
的恐惧与迟滞之呼吸"

下午遇见娜小姐

她绅士的礼帽

清纯可人

这是一个来自曼彻斯特的艺术家

一个在北京的银川人

我们说起小野洋子

她也是大野洋子

因为翻译的问题

对一个女人的名字

至今我依然纠缠不清

而问题在于

我喜欢这样一个洋子

甚至嫉妒伟大的列侬先生

哦，格里高尔的甲虫

内蒙赵先锋同志热爱的卡夫卡

但是他肯定不知道有一个甲壳虫乐队

还有约翰列侬爱到极致的日本女人洋子

他们依偎着说

"爱与和平"

哦，世界有多远

爱就有多近

喝一口杰克丹尼

燃烧的胃升腾帝都上空的大雪

她来了

八十岁的优雅女人洋子

在中国吟唱自我的腔调

如果你爱她就悄然谛听

她老了

依然叫春如母兽

这是 2015 年最后的优雅吟诵

多年以前

于她和列侬的影像中穿行

这时光匆忙

我逝去的

银川这夜如你唇吐出寂冷之灰烬

而精神却萦绕着尘土 *

注："而精神却萦绕着尘土"，引自哲学家维特根施坦。

旷野布鲁斯

已悠亦远
谷空迷幻
这是午后时光
却已和晨曦对火

在羊肠的街区之后
我们被迫苏醒
卡车在今晚穿过城市
它把越来越多的灰尘
弥漫于今生

而你知道这柴扉宽广
仿佛我梦中的旷野
推开就是看雪见山
就是江水西去东流
就是这些内心之羽
击打出笨拙的节奏

"一轮盛夏的巴洛克为未名焰火

迟滞于为爱而生的旷野之遥远之往生夜宴"

青海湖边遇玛尼石

这世事堆积

晨曦还好

风缭绕

切肤犹如齿冷

吃酒谛蝉鸣

看石头

有什么可以还给

一滴世界

但这是问题

是表相

遇见

或

不在

"当言辞汇聚于这丰饶之经卷

向内便是自由，而丰满

则是裸露"

香格里拉即景

在那里

我们曾有一瞬

那即逝的光景

或许在下一个此刻浮现

火石寨诗记

至少

你来过

这蓝炸裂

自云中迁徙

那雁迹闪过暴力

就看一缕羽毛

飘呀飘

也是延续

隐含幻象之街市

望去：

烟火，炙热者

去国还乡，抖落微尘

这便是你的硬度

她镌刻星星之锁

在砂地

在西部红色之域

一切必须听从于时光

我已知道

身后之石，蜿蜒秦直大道：

那石壁，拨开草药

那鸟语，自灭自生

她汲水，俯瞰雨云

"你前往古都看梅花

这剩下的美，会是什么？"

鼓 楼

她们并非有多少可以蔓延：
吸管，碧绿，漂浮的夏日之冰

总得尝试新鲜，这个傍晚
老男人们看着窗外

鼓楼，她是明代的璀璨
如今，身缠发光灯管

一个年代的迷离
一个高耸的建筑

地下道
那个拉二胡的老头
数着鞋盒子里的钢镚

它们碰触了什么

那个女孩回头
突然露出惊讶的表情

于是，那些人走得更快
他们或许是为了遥远的
再远一些的奇异果吧

就如同我们
总想期待朝圣者的旅行

于是在路上
我打开这一瓶无色的矿泉水

我想起了那些冰
她们曾经令我畅饮
乃至忘却了这座暮光之城

北塔湖

她是空旷

有隐秘之美

节奏却堆积：

清晨

芦苇荡

楼群

飞鸟

游鱼

这些并不显得多余

在岸边

灰烬缓慢燃烧

夏日骄阳

从贺兰山脉升起

被露水打湿鞋子的我

显得有些倦意

天 鹅

总要离得那么远
转过身去看见天鹅
云朵，锦瑟，悠然
荡漾在哈巴湖上

其实这一切
不过是对世界的想象
她并不在那儿
就如同天鹅的存在

"我们熄灭了太多的火与花朵
就等同于涅槃或是灿烂
你看那天鹅休憩于你的臂弯
姐姐你是世界上最美好的曲线"

在银川听雪

昨天是春天
芦苇长得不算高
走在湖边
总感觉有点冷

就好像远远的
她的倒影
在湖水里荡漾
被昨天的阳光
映出斑驳的金黄

火舞骄阳，你说
下午过于漫长
银川在地球游荡
一个人总得过这一生
看雪还是听雪
围着火炉望着火焰的小意思

爱一点就多一些吧

这正是四季在更迭

而我在南山却想远离

那些听雪的人

走得越来越远

我现在不知道

飞翔究竟是什么意思

银川鸟语者
——致 M

当他醒来

已是又一个春日迟迟

他告诉自己

水在沸腾

一粒药

和另一颗药

用哪一个量词合适

他喝水

吃药

沸腾之水和昨夜残存的凉开水

彼此融合

热

与

冷

它们彼此相融

乃至温暖

但是我得喝下这些

它们不过是水

水只能是水

水酒是水

饮料是水

而人，是水

却不是清澈之水

更多的水在城市里已经浑浊了

在美瑞悦酒店大堂

画家萧煜解下发卡

梳理披散之长发

那天在 502 房间

他完成了一幅关于阳光照进现实的油画

我们可以来几个素凉菜

不叫主食

但他还是点了凉拌鸡胗，干炸黄鱼

"我们都度过百年孤独和马孔多

马尔克斯陪伴我度过了一个青年的孤独"

他应该是这样说的

我似乎记不清了

我似乎想说《霍乱时期的爱情》

却回到了那个初三少年的初恋时光

从石嘴山大武口到银川西桥巷

但一切又是真实的

他这个男人站在窗前

城市内部的道路纵横

车来车往

"我会进入一辆滴滴快车

然后是另一辆

然后是下一辆"

他打开手机

付款码 健康码 行程码

"兄弟，这是码的社会"

他对司机说

此时已经是正午

他暖洋洋地呆在阳光里

听每天中午 12 点准时开播的老顾开喧

这个 53 岁的壮硕男人

喜吃白饭

做得一手蒜泥白肉

勤俭持家

为人豪爽大方

现在他坐在巨大的收音机电波里

听心脏发出微小的颤音

一股脑地倒出宁夏方言

但我没听见他说

普京、泽联斯基

乌克兰，敖德萨和鸡脯

毫无声息

银川在他的晕眩里

会说出什么？

但这个男人紧紧闭住嘴

故作中年之后的深沉

他只能是在大厦的穹顶

望着那只小鸟

穿越楼群不知疲倦

在天际里迅速成为一点

而他此刻是幸存的鸟语者

说：

我曾遇见

她飞行的快乐

比小鸟还要纯粹 炽热

好高骛远

具有美好的春天品质

大银川之书

这年初冬，无大雪，有独角兽掠过银川
"吉凶未知啊"术士说，在蓝色帐篷里我们看守社区，围着
电炉打着哈欠
"想那年在卓啰和南*，宰羊，吃酒，好不快活
只是这一别，已是千年嗟叹，物是人非，即便风流，却还是
路过！"

午夜，他掀开帘子，进了帐篷歇息，很快就睡思昏沉
这是大白高城的一夜，楼宇森立，水泥的光隐隐透出冰冷的
封印
这样的守护，多年以后我们终于不再手持弯月之刀
午夜之后，就连酒鬼也懂得拿起手机，对准那个码扫上一扫

这是我们面对生存的一个新的哲学境界
人与人的纠缠，人与瘟疫的纠缠，人与物的纠缠
乃至，我们与自身的纠缠，我们与他者的纠缠
我们与虚空的纠缠，都可以归结于量子的纠缠

是吗，就像今天他多么期待一场大雪

下在大白高城的玉皇阁之顶，遥想当年那些书生

大长安高谈阔论，治洪水如烹小鲜

驱车前往大洋彼岸设堂皇盛宴，弹冠相庆

但似乎每个人都逃不过疾病、抑郁、别离、死亡、背叛

这一年更躲不过进入蠕动的队伍让那支棉签在嗓子里狠

狠地搅上一搅

而这一年大白高城，有多少人错过了 2022 年秋天最后的

风景

只有野猫和喜鹊是幸福的，他们甚至胖了起来，挽手腆着

肚子在林间和街旁漫步

那天他从阳光里醒来依然是孤身一人奔赴长长的队列

就像电影里那些犹太人赤脚行进在冬日的雪地里不知前

方是否有尽头

我们也是这样默默地在城里走着，这座城就是大白高城

在历史的尘土里我们走了千千年年，那一夜我头疼欲裂

那一夜我打开台灯，一杯水和一包莲花清瘟

她们让我清澈和浑身骨节酸痛臭不可闻

她们让我在晕眩中大汗淋漓，昏睡多日

重归结绳记事的暧昧大白高城量子纠缠梦境

注：卓啰和南，即卓罗监军司。西夏置，治所在今甘肃永登县南红城镇附近。元废。

过海原古道 *

路过她是天色阴沉

词语卸下铠甲

哨马营。西安州。

必须迎着风，才会有眺望。

必须梦见你，才会看世界。

因此力量是无能的

不是巨斧

也不是食蚁兽

他被劈开的昏沉

跌落于残墙的尘埃

这么多的暴力！

切开苹果之核

瞧见组织

她是苍白的

但你知道内部已是血红

它们沿着敞开的秘道

远离人类的马群和弯刀

这么多的后果！
敲开核桃就是花白的脑子
滚动如西夏的刺目烟尘
在驳杂的目光中
火焰流尽最后一滴鼻血
总归就是不无恨意
仿佛那一场雪夜之事：

爱了恨了别了
她在路边送你
那封信婆娑未来的火漆
从哪儿来
回不了那儿去
我们总得归于隐匿
却不是鸟入林

多么刺眼的下午！
道路无人
只有你我三个
这是命定的孤独深入

赭黄色的山体带着腥气扑面而来：

春分时节花事少
再无客卿访古道！

注：从宁夏古原州经石峡口，海城、西安州、甘盐池，到甘肃平川区、景泰、到武威是一条重要的驿道，或者说是一条重要的文化传播之路，即海原古道。

瓷窑堡卷子 *仿十六行

一

她已经消逝

就如那些前朝的城池

我们也称它们堡子

历经杀伐、嗜血、摧毁

现在就连大地也静谧

从晨曦到日头落下

他叼着烟卷

在地图上画着一个个圈

拨开雾霾

我们驶下高速

在坑洼的丘陵和山间颠簸行进

她是在和世界低语

"这一切应是感知之门开启

陶过千年成缤纷碎片

煤和黄金哪个是肮脏的

爱竟失忆如此"

二

或者被敲打

街巷弥漫

这是夜行人

他路过第一个十年

之后是……

"嗨，小子，你看那些死亡！"

但我还是回头

看美杜莎之火

她那么多的涌出

她们是燃烧：

而他们，坐在世纪的煤场

无所适从，或或或

或者更多的是这个时代

智能的，互联网的，情欲的

这是死亡比生要长的

就像我在暗夜行路

想不起瓷窑堡是什么

这是比死亡更可怕的事：

或或或

或或或

或者我们打开炉膛

风高夜心

此地唯有旷野和机车的引擎之重音

或或或

或许她会在今夜随修士之啤

沉浮，也是莅临

注：卷子是什么？是敦煌卷子谱中国古谱。1900 年在中国敦煌
石窟藏经洞发现所藏的一卷经的背面，用古代谱字记写的一批
乐曲，今称敦煌卷子谱或敦煌曲谱。卷子正面的经文系抄于五
代后唐长兴四年（933），据此推断这批曲谱抄写的时间大致
与之同期或稍晚，为研究唐、五代音乐的重要文献之一。原件
现存法国国家图书馆。

大水坑镇之卷子兼致奥登

二十年后抵达大水坑镇

白云滚滚 阴晴不定

惠安堡有片刻的风声雨声

盐池和你不远

想起多年以前

几个瘦弱青年的九十年代

被爱情和诗歌毁灭

狗娘养的金斯堡、凯鲁亚克

当我们一起在路上：

那是我和你

或孤身一人

喝下一瓶银川的五十二度烈酒

坐在早班的长途车上

望着售票员的朦胧背影继续宿醉

青青的树

荒野中的长城

那时候不会有孤独

只有想念和抵达

而我

凭什么和你相见

今天这不过是

几百公里漫漫短途

几个堂吉诃德的风车之梦

她和北方小小的美好

让我略显倦意

是的，通往尘埃之路

你说你看见太多的渴

而我

是剩下的那一个

在哈巴湖畔

冥想她

和虚幻之白之天之鹅

大水坑镇之卷子兼致农民诗人石生泽

这是些需要被麻醉的一小撮人类

他们奔走，自称这时代之小众

或自我感觉良好的社会异己分子

高速路上摇晃

野草习惯了时而掠过的黑暗

在白日里你们会遇见歌吟者的伟大灵魂

曾经，在致敬的那些夜晚我们呼唤自己的内心

这无法沉淀的音乐或 LSD 以及感激而死

以及路上我们倾听皇后乐队的华丽之音

但是为什么我们谈起弗瑞迪之死却目无表情

就像看到后视镜里飞速倒退的：

公路像大地的尘埃和伤痕

挖掘啊挖掘

挖掘挖掘

我看见你的身影在灶房闪耀

你舀起那勺面，摊上一张荞麦饼

你是诗人就唤醒那碗红汤：

她是一只安静的羊

她走到生命的尽头

就好像我面对这一个安静无人的村庄

就让我面对飘远的羊群

这白色的冥想

恍惚竟是为你而死而生

海原书

一

在三线天之间

我们暧昧于雾

褐黄色的暗淡山脉

飘出你断线的预言

一路疾驰，绿色公交站

村旁，赶羊人

这世界

只有我们

是闯入者：

登城堡有冰雹莅临

大地寂寥

方言如飞蛾

安西王

妃子雪

登高，见风
思念，云起

烽火台惊鸟举目流转顾盼

"这夜，我爱你的端庄
五棵柳树下
沟壑，青草
绵绵不绝"

二

蒙古堡是凤凰山
现在他们这样说它们
最初，这些相遇只能是擦肩而过
那么，有梦境
我们正在抵达
但在那
向下望
村庄在巨大的天穹下

闪现恍若棋盘的星空

那也是曾经旋转的湖水

她清澈，碧蓝

悬挂于天空之上

只有公路寂寞向前延伸

她遭遇了洪水，爱情，迁徙

一望无际，甚至大雪

也只在暗处发出晶莹之光

就让我进入吧

五座城池低伏在大地的高处

牧羊人手持短鞭

他远去，然后和羊群一起消失

剩下的都属于风声

那扇门悄然开启：

其实我对秘境本就一无所知

古道绵延不绝

日光下

群山圆润如乳

充满未知的渴意

这是怎样的一座迷宫

"灵魂在高坡之上

曾经雀跃，又突然隐匿

白色的，青色的，黑色的

这些尘世即使碎去

你说仍然在土中遇见依稀的光"

三

小院杏花带雨

枝头露珠滚动

四月，艾略特说：

只有丁香残忍

节奏间歇

呼吸静止

爱是什么滋味

李旺马老汉的甜饭：

葡萄干溢出绿色

窗前白杨袒露疤痕

年月因你动人

在马闲章烧烤店：

一碗麻食子热气腾腾

我不是凡·高但舀起一勺土豆

我不是掘墓者但炫目于马家窑的彩陶

风在街边敲响心在旷野的荆棘之舞

我深夜聆听一座城市在这个蓝色星球的寂寥之行：

马蹄与盐商的驼队飘向时间深处

一块失联的宋瓦

十颗断裂的青花

她们或早已睡去却还在光线下妖娆：

美是你的长发飘起在甘盐州的哨马营

素手掌心是大地凸起的西安州

打马而去的是宝马、比亚迪、起亚、狮跑

一路溅起的灰尘比鸟飞得还高：

"出海原城有桃花

杨柳青青你的面影闪现这些

香至今夜弥漫银川湿漉漉的花瓣*"

注解："湿漉漉的花瓣"引自庞德的诗《在一个地铁车站》。

四

总有些什么
在暗中醒
总有雨水
洗刷洗刷
灵魂也就是这样
划过你的手指
我们往往就是如此
过多依附于爱与被毁

总有个盒子
春天打开
被命运安放于黑城
影子漂浮
我要么就是被放逐的
自我对峙的囚徒
画地为牢
在商队漫长的旅行中
咀嚼泥土和你的传说

就在那儿了

我们最初的情欲

陷入抽象之美

总有些微光

把这些泥巴

高高擎起

火一路滚动而来

她甚至熄灭了水

或许

我们最后的抵达：

当幻象治愈了燃烧

你就是我渴饮的：

今夜之弯月

今夜之魅陶

五

当我们看见远方

一只鸟隐匿不见

废墟是一座未知之城

老庄是城还是庄

但她宽广，没有边界

显现旷野之美

更远，是山峦，村庄

道路也更远

烽火台接近天际

我们此刻站得越高

也更寒冷

"其实，这更是庞大的渺小

地球上模糊的一个小点

恒河之沙，在春天我们似乎流尽

刺骨的风，远去的大雪

而你总能给我安慰"

六

我们因此深入

在此刻

仰望穹顶

我们是最后抵达的

这一口窑

我们就是内部

就是迷宫

就是永恒的欢娱

朦胧的光影

沿着目光上升

我能想象那遁去的燃烧：

时空之上的青砖、沙砾

沟壑、苔藓、羽毛

就如这春天

堆积最后的寒冷

在你的臂弯里天鹅复活

村物记（组诗）

三河村饸饹面

三河村八队黄队长家
人声鼎沸集体吼秦腔：
好吃不过一碗头营饸饹面！

雨声在人声中
升腾出寒暄
我们是等待盛宴的
却不会揭开锅盖
目见热气腾腾的她的世界
耽于自身好恶
譬如荆轲拔剑
舞阳心惊奔逃

在此我怀念盐池
1991 年夏天那一碗饸饹面

那一把木床子压出了晶莹与圆润

那一夏从盐池驶向大武口的黎明班车

我和票员孤零零地望着窗外

瓷窑堡闪过身后

风刮过道路

煤灰旋起缓慢的风景

多年以后

我们不会再次路过瓷窑堡

高速路风驰电掣

他们说：时代巨变

因此对任何我们不再心存往昔

面朝远方

我们说着谎言，对当下无动于衷

只记得再次走进淑琴荞剁面馆

盐池县公安局对面

不远处

是庞大的古代城墙若无其事

不论朝代

民间的厨房火光照亮粗瓷大腕

一捆干柴总会燃烧烈火

最后是袅袅青烟

就像面吃干净

唯余油迹

她于是等待下一个可以把她盛满的男人或勺子

一个乡下小镇的街区

酒鬼晃荡着在雨中哼着黄色小曲

现在他欢乐无比

不用面对经济学杠杠自卑

不用把拳头扔向老婆和几个娃

他只是买醉的人类

在次日可以拍出几张纸币

饸饹面映照出一张浑浊的老脸

他挑起暗褐的面条

一切是这样的油光可鉴

即便是减脂降压的她也是被充斥了

辣椒和油脂

那么我们依旧端起碗

面条遒劲

羊肉悦人

小葱清新

收起哲学的谬论

雨天老黄家来了许多人

他们吃着饸饹面

一心一意

一瓣大蒜

满头大汗

遇上了你

八队长和村支书老田在院子里看着雨丝

一直在下

最初是迷惑

饸饹面就这么一碗碗端出来

我们拿起了筷子

他们说

就这么办吧

马店村不远

马店村不远

雨中上国道

右转即是

雨刷器嚓嚓

前方

总有一小块模糊不清

我们仍可以看到前方

前方，左侧右侧

依次是山影，绿树，灌木

水在涨起的河沟升起薄薄的雾

白色塑料袋沉浮

标语墙与计生有关

与时代和国策一起

被刷白

那墙依然被雨冲洗

红比红还红的清晰

红的村委会广场红旗被洗的暗红

滴下红色的我看不见的水滴

但你我还能看见何物

车窗外

山影朦胧着后退

今日不是叙事的好天气

做梦会比奔跑更快

这是昔日戎的牧场

之后是秦之疆域

宣太后挥剑斩断共枕 30 余年的情人

戎王梦醒何处

多年以后，你酒醒何处乡关？

是的，雨是明天已然来临

天气预报终于准确

在小卖部熟睡的父亲

叼起一支烟漠然如世

我们都会有这片刻的远离尘嚣

即使车水龙马

雨丝密集如银针刺骨

疼痛进入秋天深处的马店：

就在下午

他疲惫不堪如昆丁的朝圣之羁旅

嗨，姑娘

嗨，朱莉

我还能邂逅你的好时光

她们会是东京，巴黎，固原，头营，杨郎？

模具者

最初是灰，灰以及尘。被堆积的可以看见的土。

最开始，是人，穿过田园，他接受命定，遭遇另一个自我。

最必要的，是经济学。他摆动手臂，产生欲望。他渴望有纸张，那可以被我们称之为消费可以购买人体的沉甸甸的黄粱之梦。

现在不一定是这些了。我们已经遗忘过往的一张张脸。

主义者也风一样被刮走登基者的选举书。什么都没有了。

那就是眼前电子时代的旧工厂。

他使用铁器。沙子。白灰。木框。原始图案。

他站在空旷里。扬灰起尘。

但是没有我们称之为马匹的动物出现。

当然也没有骑手。

他弯腰，撒落半生的力气。

他直身，陷入下一场人生。

必然的，他说：

我有三个儿女，一个在扬州，一个在南京，一个在加利福尼亚。

我做这些模具，可以挣得每月八千。够他们读书。

那么，这是其中一个工序。

下一节，会是什么？

玉米玉米

偶尔，望见你

旷野中的风低下头

那些向高处昂起的草木

一岁一枯

一年又一年

还在秋天拔节生长

我是遇见了

玉米玉米

雨中的玉米玉米

猛兽迷失了万物

只有玉米玉米

她太多的呼吸

落在大地的阴影里

有时候

甚至她也是阴影了

这却是你伸出的暗黄色的穗子

玉米玉米

空中掠过鸟的痕迹

穿过田埂

王者端坐电线之上

她舞蹈如飞行的颤音

我在这儿抚摸太多的玉米玉米

她们以何为生

她们拥挤着

不作一声

这些浓密的雨水

冲洗了玉米和更深入田野的玉米

那些照看她们的人类

此刻隐匿如坟墓前的缕缕青烟

大地终结而天空重生

我们不过是玉米玉米

拨开自己晶莹剔透

被烤被煮

被填补成为另一个属于玉米的街角之汁液

我此刻只是站在一个早晨

杨郎村在雨中阴暗如日光填补了自我之光

我瞧见那些玉米玉米

在我的双脚踏入泥泞之前

一个雨衣人恍惚走过村庄的梦境

他会遇见火或者别的玉米玉米

他收拾好双手

在尘埃来临之前

他掰下一棵又一颗玉米玉米

像自己的头颅

被什么缓缓灼伤

但这不过是 2017 年秋天的玉米玉米

生长一世又一世

你根本不知玉米玉米说的是什么咒语

泉港之歌

下午站得很高

你要望见太多玉米

她们像梦中的另一个

白日梦

缠绕着水，丰收、痛苦和火焰

行走的尘土溅起光线

她露出一点渴意

而雨下个不停

而她仍呼喊干涸

多么美的秋日长卷铺陈绿比绿浓得无比恨意

这不过是又一个梦

火红的狐狸穿过荞麦地

她恍惚看见似曾相识的未来

梦往往如此开端：

她即使不燃烧也如火在这个下午

进入秋天最初的明镜

深入蔓延吧

车在山路蜿蜒而行

一只鸟从草丛里飞起

和另一只瞬间隐匿

你看着后视镜

一个无所事事的人类

他热爱了科学、美食、故作文艺

你看着悬崖边的草一丛丛掠过

他如同星辰也闪耀不了此刻

就这样一个黄昏

你不用怀疑什么

我们路过泉港村 *这个地方

往左拐上省道

我们还要去哪里

这事你比上帝还要清楚

注：泉港村，一个南方在宁夏固原建的扶贫村。此为引用，与实际
上的村无关。

弗罗斯特在宁夏杨郎村的初秋

他不会怀疑
眼前这一条路
村间的林荫大道
夹杂着牛粪羊粪的味道

那又是一排树站在细雨中
脚下是草籽和咧着嘴的水泥路面

其实草已长得很高
只是他无法前行

她们遮蔽 了路的痕迹
是哦，一切被遮蔽着
世界和你

泥土和村庄的腥气
一个初次来到这里的异乡人

他只闻到了新鲜的、崩裂的

这些难以忘记的内心之痒

而激流是无声的

尘土被雨水凝结

他站在泥泞的土地上

那些在土地劳作的村民

不曾打伞

他们戴着草帽

被庄稼掩埋一生

他则是悲伤的宿命论者

路上只瞧见一人

他呀

这个英国佬

银川佬

你很难想象他会记住

今天在这条路上

遇见的心象

雪和你没有不同
——写给图歌和乌兰察布的布赫

总归是但丁

是

或者

不是

是贝亚德丽采

发光的眼眸

歪着头看着你

小时候

她曾经牵着你的小手

走在路的前面

拐过小巷

往前面的路

一点一点移动

仅此而已

就是三十年以后

雪在路上飘

你们几个爷们

并不孤单

酒和下一场酒

布赫哭了又笑

喝了又喝

在你怀里

他睡得像最初的婴儿

醒来后迅猛地扎进草原

早春了

雪还没化

踩着嘎吱嘎吱响

黄昏了

羊群入圈

牛儿归栏

你要回到哪里

是啊，在银川

雪和你没有什么不同

大乐弹起吉他

唱歌给远方的女儿

我们现在站在雪中
傻呵呵地不知所措

眼前是你的荒芜
不是诗和远方
只是雪中行路
在那一刻我们只是旅人
寒冷是多么得冷
你是多么的远

这一场雪来得并不突兀
这一场雪和你并无不同
雪挂在你的眉毛上
姐姐，他说
他的手离你很远
他看着你
一杯酒和又一杯
和窗外的雪没什么不同

姐姐
他说：
在草原上
我们总得融化一些东西

在张易的山中（组诗）

在张易的山中

在张易的山中
一个人遁进田野
消失与重现
多么美好的瞬间：

跳过一条小河
她浑浊的身影
象一条弯曲的
泥泞之路

早晨九点
人们在朋友圈讨论孕妇跳楼事件
望不到边的野草正在丰盈
一只流浪狗
和另一只

站在远远的绿色里

看着我迷惑不解

这样意味着什么

我的鞋子沾满泥土

草籽随身躯的移动

陷入更深一点的泥土

这样我走在山中

蹲下身子

荞麦花开满山坡

那些滚动的露珠转瞬即逝

玉米被日光击打得渐渐变黄

老去的树木

枝干遒劲

郁郁葱葱

她们面对孤独而庞大的事物：

我走在张易的山中

秋天已深

野花盛开

丰收还未来临

种子发芽

鸟从大麦地里低低飞起

一只蜜蜂摩擦着细细的手臂

对这些花朵

他是多么心满意足

而我离山还很远

一生中来到一个小镇

一生唯有一次

走在张易的山中

河流，梯田，稻草狗

在雨中枯萎的蒲公英

一个躺在草丛中的"中华"烟盒

对这样的时日和景象

哦，你说：

在张易的山中一日

世上再无我的流年

云的歌谣

我们说起宇宙

云图浩渺

一个夜晚

我们驱车看星群聚会

咖啡馆传出你的异香

高过一阵阵浮动的黑暗云朵

如此我面对这些

被黑暗洗出的又一个白昼

土地溅出秋日灰烬

请不必说这就是燃烧

这不过是一只鸟

飞起又远远地降落

我走过她看不见的星宿

或许又多了一些

是的

我来到又一个尘世之镇

我抬头看着青山绿水

我俯身凝视那一个朦胧的西海子的倒影

云朵哦刮过张易的山岗

云朵哦映照葫芦河水缓缓流过

一个无处安放凡·高的麦田

乌鸦和喜鹊黑色的羽翼掠过蓝色天际

她看不见云朵在土地上飞翔

她何曾能听见入夜的蛙鸣与风

微微地吹过那些

黄昏金色的迸裂的云朵

可以站得高些!

昨天傍晚我终于抵达峰顶

四处长满露出牙齿的灌木

昆虫唧唧着世间之事

野花和风声摇曳

云朵在天上飞奔

我们终于看见她的内部

太多的云的歌谣在张易的云图里飞:

一会雨来一会疼

一阵虚幻一阵美

宋洼的菊

雨雾弥漫

去六盘山宋洼看看梯田

这一刻会邂逅谁

秋天深了

山漫长的绿

玉米渐渐黄

水库等待山中的光线许久

你们在路边

摇动花蕊

鲜艳滚动

如惊雷越过泥水、三岔路、寒冷和冷飕飕的风

如是这般的灵魂羁绊

存在从美的历程开始

杰克来到了张易

凯鲁亚克遇见了宋洼

我是哪一个？杰克还是凯鲁亚

菊花铺满山野

金灿灿的黄在大地和田野飞行

黄金金灿灿的宋洼

她耽于自赏

她陷入尘世之土

给大地生长乐意赞美的事物

她们盛开

细雨连绵

她们绽放

花瓣湿漉

庞德他一个英国佬还是美国佬

他在斜塔中

不会这样

照耀某日中国一地的晶莹：

更深的露水和绿叶

她们是自我的人类之心

次第于凤台山的宋洼菊花绽放

而今日我望见太空迷失的星辰

秋深是你如菊如香入张易的夜空如你如阿尔

一个人走入宋洼的群峰之菊花深处于是消失

在宋洼的黄昏看云

觉得世界美好

就来宋洼看黄昏的云

登上烽台山顶

日头正落

她凝视着大地

梯田环绕小小的村庄

树木葱郁

菊花满山

只是这黄金的云

密集如金波灿灿的大海

遮住世间一切

如果你惦记城市

如果你怀念爱人

如果你想忘记另一个自己

就来宋洼看黄昏的云

宋洼的黄昏

宋洼纯粹的云

她们像你的爱人一样

恬美又安静

她们像你心底泛起的缠绵的光阴

影影绰绰

像黄昏的宋洼的云

连绵着飞行在天际高处细语

仿佛天籁

如秋天静谧的风声穿过守望者的内心

必须如此！

她们已经令你心间涌起澎湃

宋洼的黄昏的云

是傍晚美的巨大潮水

犹如你爱过的事物

接近极致却突然困顿

又咆哮不止

今天涌起的无数的云在宋洼的黄昏闪回你闪逝的一生

明天的黄昏你在宋洼等待星空莅临

我们总是将高贵留给缤纷的深秋

目视黄昏的宋洼的云在月影里缓缓航行：

这是地球之上又一个博大黄昏

宋洼在云朵的隐匿中渐渐沉醉

我们站在高处

看巨大的云朵带着金晃晃的黄金在飞

我们正是最初的寥寥者

独自深入这伟大的镜像

而这奔驰在田野和土地的梦幻的云朵

她们照耀了宋洼的黄昏

在更深的秋天的烽台山中

抖落一身金黄

凝视

这落叶、菊花和无法安放灵魂的自我

宋洼烽台山蓝调

她是错的!

你发出的那条微信的地址

G 说不是凤台山

而是烽台山

是的,是的

她就在对面

被梯田和菊花环绕

荞麦花繁星点点

她们经历了昨日之雨

她们在秋天的今日盛开

她们向着山顶眺望一生的蓝

这蓝是张易的蓝

山水青青的轻轻地荡漾的蓝

蓝是上午的日光避开了炽热

藜麦低下红色的头

一场雨水一个潮湿的梦

一个蓝和太多的透明的蓝

蓝是烽台山耸立于群峰之上

蓝色的天际云是比蓝还要纯净的白

蒲公英花蕊顶着又一抹丝丝缕缕的白

一个人在尘世瞧见了蓝色的菊花

一座山是金黄的宋洼菊花的蓝

蓝是一个人他热爱了中国西北的一曲布鲁斯

他在田野中踩着枯草

吱吱嘎嘎的身影泛出李胡克的吉他奏响节奏飞起的蓝

今日张易的蓝色黄昏万籁俱寂

她们的面庞像大地缓缓没入山影和暮色

你所见的那一个在小镇和流水中行走的蓝衣男人

身影略微瘦了一些

渐渐地和我们一起沉睡于你梦中无法剥去裸体的白色的蓝

疼痛的星空的你爱着的无声的逼近你的蓝

山脉腾起了明灭之火

他们驱车

多好的周末时光

在雨雾弥漫的张易山中

不用说什么在路上

时代和老式桑塔纳缓缓前进

后视镜穿梭了自身与幻觉与

草丛的修行与接近潮湿的世纪幻象

你露出难得的微笑

你看见了

这雾气如冷酷仙境

歌在云的阴暗部分

射出鸟群滑行音符

而秋天比爱情更残酷
湖水荡起斑斓波纹
山脉腾起明灭之火
内心比以往更加悸动：

一个小时代
一些微语和蛙鸣
一首远方的公路之歌
一台笔记本电脑
一个中午的花卷和馍馍
一丝香草的浓烈气息
一个需要香奈儿的芬芳之梦
一个得以延续的黄米和梁梦
一个道士在山中泡 一包方便面吃得满头是汗
他撕碎一堆华丽的辞藻
他就在田野中走动如凡·高失踪的耳朵

秋天深了
今天的植物迎风摇动
荞麦胡麻相依为命

稻草狗在远处庞然而卧
世间有如你睡去的淡然
即使内心空旷无核
收割机仍旧轰鸣驶过
佩铂的孤心俱乐部之火
在张易的山岁雨雾纷纷扬扬明明灭灭中

彭阳史记：崖堡村的布鲁斯或仿荷尔德林

在那些盛夏的阴影被思念燃烧的彭阳塬上

我的爱人啊，请允许他孤身一人抵达远方的故乡

他已近花甲之年，也正是我的命运被大地一页页翻开

崖堡村的流年在我们的视线里消逝于记忆的深处

即使有更多的爱或者眷恋她亦被时光深深埋葬

这剩下的粘土终将背负无可逃避的命运之门

你是唯一的鼓手敲击心间这蹲伏的小兽

只是上帝也无意于此那些矮小的眼神

交叉小径眼见枯草泛绿一年又一年

时代之更迭我望见她仿佛更远

这一刻只有地球是安静的夏天如死亡一般静谧

去年不在马里昂巴德

坐上慢车去东山

夏日缭绕

云起雾飞

机车轰鸣

在穹顶

在你们之下

星星默不作声

即使是在街角

也能遇见今生的玫瑰

和刀子 和墨西哥礼帽

还有醉酒的小狐仙

去年曾快意白雪煮酒

烹诗寻欢

即使是在糖果夜店

与新疆姑娘说起达坂城

你不会和她说起
去年在马里
去年在昂巴德
只是若干尘事堆积的

晚安，银川
晚安，北京

在湖边

在湖边已经有巨大的挖掘机、脚手架

在一只鸟飞起的弧线中晨跑者是大厦倒影里的渺小之点

在你注视更远的贺兰山青色山脊目光突然蹦出石头、举着红

色牌匾的逝者

在我们穿过一座白色之桥被融入机车轰鸣的减速带并被面无

表情的阻断

在这个晨光闪烁的余晖里有不太多的东西在内心缓缓苏醒

在将尽的五月山中我和你会冥思昨夜遗落的全素宴

那是银川城街头巷尾微信圈被传播的快餐化信息

我隔窗望去看见一个早起的人影影绰绰

我们互相被看见被时光燃尽这渐渐消隐的孤寂之心俱乐部

微尘书

她于是漂浮

正午解放西街吞吐：

公交与机车匆忙而过

模糊如镜

城中湖畔

雪脏了脚下的长路

他独坐：

一枝一枯荣

我就要遇见一粒尘埃

在年末

帝都望不见夜机：

她如母兽沉睡

而江河一如昔日奔流

越人，吴歌，

这一夜光线涌动如魅影

微浮的丽人唱起返乡之歌

深沟村*行述记

似乎你还在那里

田野也似乎荒芜

其实地里还有庄稼

她们把根深入地里

绿色的葱叶像极了章鱼

匍匐，而又张牙舞爪

这不过是想象

正如我走过的这座山峦

她并非苦大沟深

她只是在远远的天际里

看着苍穹之蓝

而蓝之下是黄土

干涸的，紧绷着的浓烈的黄

即便是在雨后

草偷偷地从土里钻出来

那些大片的黄也耀眼着

垒成褐色的围墙

那天公路鲜有人迹

风呼呼地刮

深秋如此之冷，令人沉醉

哦凯尔特或桑塔卢西亚

我还是看见不远的红色平房

明媚艳丽　烟熏火燎

这也才是人世之香呵

再深的山也有村

再寂静的土地也会有鸟声

不远处那些盖房子的人类

胡子哆嗦了又哆嗦

我站在一棵枣树下

她晶莹地挂在枝桠间

也就是这仅此一颗的红色圆枣

使我和你就这么空着

再也盛不进去一丝迷途的味道

注：深沟村，位于宁夏吴忠市同心县田老庄乡。

太多的叶子落在了泥泞里

在深沟村，雨后的次日

必然会遇见鲜艳之美：

你向远方望去

庞大的天际里

连成片的蓝，像你的眼睛深不可测

比高原的湖水还要清澈

还有一缕缕白云

飘过时光，时而聚集

时而恍惚着

在天空中一动不动

大地安静如斯

那些黄色的红色苍白的叶子

那些曾经翠绿曾经在风中摇曳着的叶子

呼唤着秋天来临

仿佛一个偃旗息鼓的朝代晚年已至

那些我们看不见的风雨大作的夜晚

那些叶子纷飞着被敲击撕裂跌落在树的脚下

有太多的叶子落在了泥泞里

我们总会在秋天过于感慨世事如烟

尘土在时光里高溅

我们悲于秋止步于大地

在金黄之后陷入更加空洞的荒芜

我们欣喜于收割而视而不见植物的疼痛和爱情的迷离

我们以创造者

自恃人子的高贵

就像太多的叶子落在泥泞里

无法顾及自身

这便是你眺望未来可以预见的隐匿命运

深沟村的一头骡子即景

她不会打量我

在深沟的边缘

是雨后丛生的绿草

因为寒冷

她们只露出一小部分身躯

是的，即使是在极度深寒的最后秋日

她们仍捧出生命的一端

是给予

还是馈赠?

她就在那儿

轻轻拨开矮小的草丛

不远处的公路

空旷里传来巨大的声响

在看不见的山后隐没

突然又轰隆隆的从远到近

一个长须老汉驾驶蹦蹦车

被冻得通红的脸

穿着羊皮袄

继续迎着风向前

她还是在那儿

俯身向下

对我的到来毫无警觉

她吃那些草

鼻子蹭在大地上

而大地此时不作一声

我看着她

作为一个闯入者

全无羞愧

我拍下她静静的模样

她似乎感到了什么

抬头看着我

然后缓缓地躲闪

她被那条绳子羁绊着

只是那么走啊走

又被绳子扯回去

但她依然是安静的

她偶尔会停下来望着我

眼睛里没有惊惶

她或许已经经历了太多

是一头无法悲伤的骡子

她只能陷入

俯首在深沟村的大地上

将秋天最后的青草一棵棵地咀嚼

尘埃布鲁斯

已经不见鼹鼠

捷克和斯洛伐克的漫长夏日

100 集的动画片

和一个少年

在 16 寸日立电视机前

他托腮，不会想起多年以后

不会的

他不会看见自己站在山峦间

站在田野里

眯起眼睛和你

那是太多虚幻的另一个场景叠加：

大雪之后即是归乡

即是宁静和你和飞逝的时光飞奔

这不仅仅是天穹下清澈之蓝的又蓝的秘密

我们于是在这里

往往耽于

一个冬天

以及又一个

你不可能抵达的村庄

但是那个少年他就在那儿

他离的很近

却离开村庄已远

这不是因为往事

而是他看见自身背负太多

就是她们为他起身

预备一席鸿门飨宴

她却在那儿

面对一个个男人的注目礼

世界因尘埃生动了

他远去了

那些吹奏口琴

弹起吉他在乡间喝上一口威士忌的

那些

多余的他们

和这些夺目的尘埃

也未曾来到

这一个耽于声色的银川

秋日私札

听这些声音，李胡克，或者玛利亚凯瑞

你从异国送来的秋天声色

唱机里，黑胶悠悠游弋

我们的身体并不是唯一的部分

似乎还需要烈酒、枯草、落叶

还有蔬菜沙拉、青椒杂拌

总是被惦记的

其实你早就无关紧要

就像生活从来可以是垓下

项羽其实根本不在乎虞姬之死

我们也不在乎何为真相

何为你打开一瓶田纳西威士忌

或者是肯塔基的透明之火

若是爱

就全然喝下去这些

总之

晕眩是可能的

变形是必须可能的

我们其实不爱科恩

因为他死了，就多么奈何啊奈何

科恩也就是虞姬了

秋天也就死在 2018 了

现在是薛球子独自一个

他是爱着生活的

炒菜、卤蛋、饮酒

会偶尔出门看看风景

一个老男人的秋天

还是和我有些关系的：

譬如在枕边读海明威的新闻作品集

他喝了一杯雪利

给我讲大海上如何捕捉金枪鱼的故事

比如

他曾经见到了宋美龄

而这一章节我现在忙于世事

到今天还没有读完

湖滨一号订书机之歌

我听着谢天笑的歌流落街头

仿佛我就是在银川尴尬的一个夜晚

无人扫除尘世之尘

仿佛我就是布考斯基

仿佛无人在此欢喜

我经常会路过此地

一个姑娘

在宁园装作读书

她告诉我

你不必等待

一切都是云海

都是戏

你走在街上

无人和你一样

多么空虚和城市一样充满情欲

但是有你总归是好的

我在街边

看着行人

他们比我还要形单影只

他们牵着狗

这剩下的余生

从黄昏到漆黑之夜

他在湖滨街，那个叫一号的地方

摆酒置席

他们看见了一个人哭泣

你知道这一切不是游戏

我等着你

有点累了

哭就哭吧

游戏古而有之

他看见了你

我有时会看着

一切如夜幕漆黑

我走着

他是的就在那儿

你吻他

即便是新上市的蒜和风歌

那些爱

过去就像太远的九月越走越远

其实，不必倾听

她早已不在那儿

我现在不过是

看着自己被太多的你深埋

在银川的平安夜

在哪里

我会是徘徊街角

这个怀揣雪茄和沃特加的

纽约人，巴黎人，东京人

银川人，固原人，海原人

在哪里

我会遗忘肉体的欢乐与高蹈

这盛夏的伊甸园

在冬季却冷飕飕

雪过多，言无意

她于是遮蔽尘土、瓷器与玫瑰

诵读余生烬火

而在哪里

叼烟的男孩唱起孤零零之歌

他怎么也会装作寂寞

这就是我们共有的迟暮之年：

"一夜或许只是一夜

一生还仅余半生

在那儿

我和你亦不过是中国银川剩余的小小人类"

海原丝路古道行

一

如果这是一生的漫漫长途

就必须走下去

羊肠，它不可能尽知你所有的秘密

隔壁坐山观

始终是云下

没有可以言说之物

而禹禹独行只是沉下去的海水

她席卷了风暴、雷霆和海原！

起初我以为这不过是呆板的时光炸裂自身

她摘下上帝擎起的赤色之星

这一刻大地是干瘪的风景

他紧抱丝绸与杭州

那些被气虚包围的暗黑物质

你或是嗅到一种对自我的厌恶之虚妄

不过是行者在茫然间选定的道路

为何却要用命和前程打开低处的肉体之脉

是的，我们不过是

更多的不明真相的大脑渴饮一路滚动的露珠与干涸之心

他是比南华山还要寂静的堡寨之羁旅

我于是望见了你在立夏诞生之前

看梨花杏花在海原和彭阳跌落如漫天刺目的星辰

她们不发一声，被尘土融化

因此这路上除了巨大的石头和衰败的千年山谷

她站在那里看着世间：

一个牧羊人坐在城市街角无白羊可抱

二

一条路走到黑

这是本事

我们总是耽于患得患失

那么行路不回望

便是决绝

她其实亦是蛰伏

尘世之事

衰败枝叶

此刻，只有在你身畔

我们静听山谷炽烈

内心充满恐惧和饥渴

一切将从尽头开始

站在那里看见铸剑的人

他在我的梦中燃烧炉中之火

仇恨竟然令他心怀快意

他磨剑，直至尘埃四射

双眼全盲，空空荡荡

而我不是一个可以从容赴难的甲兵

在驿站一身甲胄月下独酌

身旁累累尸骨发出白色磷光

是的

你我不过是大地的又一守墓人

灵魂在 120 公里的古道蜿蜒

粗瓷之盏

米酒腻心

多年以后她易碎且雪白

这儿真有什么故事可以流传?

青草萋萋

白瓷惶惶

黄天真无厚土

薄薄的，只是你的遮蔽了

她们于是飞起

那是你最初的模样

也永远是深入骨髓的激荡

亲爱的

现在却是静止的时光：

在去往城市的路上

你托人送我一封火漆急信

多年以后

她却仍然完好

鲜花不会照亮道路

你站在向西的路上，不会遇见朝圣者

向西，无大河奔流，无崇山峻岭

只有望不到边际的大地

风呼啸而来，又卷起沙尘而去

壮烈风景！

请让我选择孤身一人地向西

我热爱这炽热

这夺眶而出的炙烤之火

云朵她穿过天际

你总得追逐苍穹

或曰博大之深邃的渺小之美

即使是渴饮也应在灿然笑间

是什么让路显得如此漫长

是一颗树拒绝开花而使今夜如此苍茫，眸中留不住一滴

露珠

我无需参透深山，古寺就在那儿

这亦是一个人的生命尽头，得以安放存在之诗

路上我是将要消逝的这一个"我"

她弥漫了太多的雾

如果是梦就会有一世的白昼之醒

而更多的暧昧与眺望无关

或许这个时代需要缤纷的鲜花与掌声

鲜花却不会照亮我的道路

爱人，我何曾念及自身被弯月环绕

向西，我踩脏了自己的鞋子

爱人，我在去往西海固的路上

下马关，同心，海原，墩墩梁，西吉，沙沟

我此刻会坐在孤独的星球上

列车西去，马群呜咽

目见的鲜花，如杏花一片片在彭阳跌落尘世

溅不起一丝丝涟漪

城堡记

历史是卡夫卡

仿佛奥登在中国

那一年他和他

迷恋那么远的国度

他们来了

多年啊多年以后

我听见了

并且迷恋，在宾馆的床上：

你见到了他吗

彻夜未眠

只为一个词

一行诗

古龙说冰比冰水冰

来时的路上

雪迎着风向前

来了

就不必抱怨路难行

心叵测

我这一代
总归是婆婆妈妈
啰嗦写诗
囿于声色
虽无犬马
却也劳心
城堡在后面
这叫海原西安城！
他说

麻雀从城西
飞到城东
天蓝过苍老
风吹过抚琴的手
沾满白灰草木之灰

在哪儿，它或许等了很久
才有今朝之火
才等来了太多的人
但我不知道你的前世，亲爱的

他说：不止百年

这一日，或长于百年

这城堡，热闹的时辰等人来潮

这城堡，我来的时候空无一人

奥登

我只身前往山中其实早已置身

中卫海原

一座小小的已经放下心脏的城堡

吉西西吉雪吉

命运如此晦暗，比世界上的海沟更幽深。

——题记

早已没有行囊

双肩黄色背包

中年保温杯

电脑，连接线

你送我的充电器

记不清颜色了

就像奥登说：

起初就说到了内心

以全部身心

为另一颗心

但是伟大的总是相互吸引

奥登比我的躯壳还要敏感

他说他真的看不见：

这美犹如一场梦魇

遵循了不同的时间

我在这个下午打开保温杯

季正说你的猫王收音机可否来点

江南的小调呢喃

这是一条通往无限可能的高速公路

无人给你挥手你只能看见窗外阴沉的灰暗山脉

再见了凯鲁亚克和杰克

是的，西吉在远方的近处

我们还有可能抵达一场预知的大雪

她们飘来纷飞在昏黄的车灯雾霾中

我还是看见那些白雪片沉入道路和黑夜

这或许是比燕云十六州还要羞耻的伤害

那一天我对你说火石寨和盐州被大雪掩埋

你或许明白吉西西吉雪吉是什么样的意思

行述记·在灵武

在下午

我想起卡布奇若

我想起黎明

他纠缠于一个哈根达斯的下午茶

但那是音乐之后的节奏

她们渐渐接近，或者远去

要么就热爱村庄

仰望沉睡的大地

时间消解所有的爱情

总有些言辞要停下

在王朝的废墟

在被焚烧的宫殿之旷野

我即便是帝王触动的飞翔景象

一切只能是接触

荒凉遮蔽了星空与白杨

"春天带走你内心燃烧的灰烬

清明看杏花看见蛾子盘旋

我还是不明白你说的曙光是什么意思"

在西北的星空下

偶尔的下午

天气好的这些时光

可以喝一点什么

街边摊的小酒

远望去的街景

在视线里她有点模糊

昆丁坐在我身边

他冷眼看着：

他喜欢那个黑人在咖啡馆大谈人生然后拿出手枪

他喜欢那个大佬的女人在变老前远行

他喜欢这一段爵士舞步下隐藏的面具

他喜欢这位红先生的不情愿的绰号

他因此能拍摄

在下午这一段溜走的阴影中

烹茶 抚摸 爱情 黑比诺

这也因此完全是虚空的岁月

她渐渐显得苍老 古旧

在炉火边沉沉睡去：

这是下午银川的六瓣桔子

金灿灿的

如蜜

如风中的微语

只是我感到了太多的冷

为什么总是曼哈顿的街区

吹起远方的飓风：

是的，在西北的星空下

凡·高旋转了

他其实也是孤身一个

踱步于幻象和玫瑰之间

雷霆今夜不会平息

雷霆不会平息

布鲁斯击打银川之城

西北高悬一面湖水掩映出腐朽之光

哦，你别那么想，一切均是无用功

正如雨水浇灭不了夏至的干燥与愤怒

正如世界被闪电从苍白中叫醒

空有沉沦之后的疲倦

脚下是你的丰腴之门

我们等待着又一次的伏击和杀伐

而世界停滞灿烂

雷霆敲击城市的每一条街道

他无目的地寻找他们

像天庭派下的黑暗使者

你永远不知那些飞奔的鼠辈

他们过多的聚集

叫春，缠绵，交配，生儿育女

而这是自我的毁灭

纸包不住火

而雷霆不会平息

正如夏夜也有莎士比亚

王的儿子持剑

雪白的寒光一闪一闪

雨打湿他充满情欲的年轻的脸

雷霆此刻不会平息

王在颤抖中被遮住虚无之面

她站在镜中也是虚无

而雷霆只是剧烈地滚动

她们会等来炸裂的那一刻！

总有一束光可以唤醒城市

是的，在晨光中

给你写这封信

多年以前

这是一封寄往南山的薄薄的言辞

现在是夏天了，他汗流浃背

伏在书桌上沉睡

梦见大海，泛白肚皮的鱼

会说话的人类

还有一只被情欲灼烤的鸟

就像她在暗夜失神

窗外晃过湖面的风

而旷野，那只金黄色的虎在中山公园

发出低低的怒吼

我们总是得贪恋些什么

不过时光易老

我怀中的女人

皮肤松弛，老年有斑

这或许是哀婉的一个夜晚

弯月悬浮于小小的宇宙

这些苍白的肉体

或将陷于自我之毁

而此刻我已前往唐朝的西吉

过海原而不入城

我一直在想

总有一束光可以唤醒城市

我一直在费劲地想

总有一束光不用照亮众生前程

总有我看山不见大水

故国犹在梦中

王座正在崩离

起身的你在对镜自恋

海边的飓风已经启程

我看见一束光在海水中沉浮

她照耀了什么？

对此后的迷途

我们真的不用知道太多

这个醒来的城市可以看见一切的一切

雪落在银川的土地上

雪落在凌晨

这个城市或许感到了苏醒

洒水车终于可以停止喷射

屋顶逐渐在黑暗中显得发白

沉睡在梦中的婴儿低低地哭泣又欢喜着睡去

只有我们在寒冷中瑟缩着身体

眼睛却充满对雪白的敬意

这一年又一年的季节轮回

这一生又一生的死亡更迭

我们的存在不过是为了这一场

迟来的洁白的盛宴？

但时光总要开启一扇门

就像土地被一座城市占有

总有一堆雪打湿了你微闭的双眸

总有我们这一群人类在消逝与重现中随缤纷起舞

雪落在一个城市的肩上

她抖落了一身的光阴

这一刻有时会是永恒之光

它们汇聚成憨笑的雪人、红色的萝卜鼻子和煤球的

眼睛之核

我为何总是耽于这样的时光而不能自拔

雪于是一片片落在银川的土地上

你在夜里摇曳出依稀的灯火

就像雪白的火焰在 2017 年最后的光阴中缓缓的随寂

静一粒粒燃烧

印象冬日在盐池县铁柱泉古城 [*]

我们感到萧瑟了

我们彼此

不过是两个世界的来客

相对五百年而言

泉水在这样一个上午

成为小小的林间湖泊

芦苇摇曳

日光舒缓

人世如巢

随土凋零

我们甚至迎上了风

她使时光显得更加僵硬

高处除了呼啸仍是冰冷

冰冷的光打在青砖之上

你的身体蜷缩、蜿蜒

随草木枯黄

随往事浮沉

我们是该记住这些了

即使想念不可抵达

成为一首终结之诗

即使你拾起一片青青的碎瓷

她仍然是远走的

另一座五百年的城

一座太阳的城

我们因此说

泉水叮咚

是梦境

披上甲胄而来的怀想

也似乎是新时代的黄昏幻象

遮蔽了一个朝代和她的

隐秘之黄金鸣叫背影

注：铁柱泉古城位于宁夏吴忠市盐池县城西南36公里的
冯记沟乡暴记春村（铁柱泉村）。古城呈矩形，南北长
385米，东西宽360米。

在银川的雪天和巴图武静听李胡克的布鲁斯

偶遇是莫名的

一个蒙古男人推开大雪中银川这座城的门

和我说着李胡克的牛逼布鲁斯

一共是十张黑胶唱片

他一张张细细打量

露出幸福的憨厚表情

我告诉他：

李胡克这个自命不凡的老黑人

他总是一个人在幽暗的氛围里自弹自吟

他不喜欢太多的伴奏乐手

他习惯了世界就是他一个人的布鲁斯

在俗世中他优雅地说：蹦……蹦……蹦！

在这样的雪天中我们热热地端起一杯正山小种

在这样的雪天一个小姑娘也来敲开布鲁斯之门

他们说起教育的大事生活的大事女儿高烧到 39 度的大事

李胡克抖起吉他的音色继续自斟自饮

他是一个热爱单胚麦芽威士忌的酒腻子

他唱着无尽的人世悲欢露出雪白的牙齿就像新华街被覆盖的

这一场大雪来到 2018 年的宁夏银川

我们共饮热腾腾的茶

看桌上的红色小橘静静安坐

李胡克唱着布鲁斯的银川之歌

在他乡他和你和我和他和她看雪静静在银川飘落

晨曦覆盖了银川时光、身体和秘密

晨曦覆盖了时光

又是新的一天

朝阳奏响了音符

你的波尔卡

像花儿浮现

在她沉思的面庞

只要是春光莅临

一切皆是大美无尘

一切是昔日之光

即使你在巴黎

东京或者纽约

命运总会眷顾在山巅哭泣的鹰王

在银川我也会俯下身去

端详一条街道的前世今生

曾经他背负空空行囊

奔走在月光之上

凄凄惶惶，哀叹世事无常

死亡击败了太阳王的内心

他燃烧殆尽

春梦爬满世纪的青藤

当银川塞满白茫茫的往事

那场大雪和昨天的你究竟有何不同

但这晨曦在梦中如但丁永恒的她指引了谁的晨光飞升

银川在你的目光里越来越远

她与远方和诗全然无关

她只是一直在那里

庭院观花

傍晚遛狗

白日有梦

夜梦山河

但是这晨曦覆盖了银川的时光

公园里

地球半死不活

一个东方的国度活得半死

怎么也得赖着被遮蔽和被伤害的被侮辱的

我们是细小的琐碎的一大部分细语和呼喊

在尘土之下溅起被摧毁的城邦、失魂的降将、喑哑的城堡
在爱你之时我不会怀念祖国而只有在晨曦中的抚摸沉入
银川小小的不再哭泣的肉体的无穷的秘密的石窟之春日
迟迟

西吉和奥登写下一首清晨之诗

我们总想把万物写进诗篇

失眠症却一直困扰我这个孑然的灵长人类

万般美好一梦之间化为焦土

在西吉我已不能前往沙沟

不过是命定的道路

无论是谁都要在阴霾中越走越远

一棵树绿了又绿

他在树下依杖沉思

难道智者永远就是这般坐怀不乱？

垓下饮酒作乐之人终将自毁前程

就像她此刻还在梦中呼喊十个男人的名字

没救了。侍者拿来菜单

一场酒就是更多的梦

淅淅沥沥的雨堆积着又一个早晨

窗外传来卡车的呼啸

去哪儿？售票员击打着绿色的票夹

我看着天空，就这么抬头仰望

消失了并非不可以重现

昨晚的烤土豆还是可以配上腌韭菜慢慢咀嚼

哦，伟大的味道！

或者这就是最美好不过的事情

既然尘世被耽于太多的虚伪

那我就可以不再喧哗

结束的终将远离

其实我看见的你在荡漾而来的阳光中

阴暗如呛人的尘土

而我们终将复归于这些被毁的事实

这就是奥登最后的失败

但有诗篇为他打开艳遇之歌

他因此和我一起燃烧而生！

墩墩梁之逝

山中有太多的风

我想自己在这儿没什么意思

一切离得太远

世界已经静下来

坐在你身边

青草稀疏

灯盏花弥漫有毒的香

高处也有更多的风！

国道向甘肃延伸

我们也有自己的方向

但总有太多的消逝

在眼前

抑或此后

而在尘土中我眯起眼睛

这是阴沉的一天

甘盐池，西安州，墩墩梁

这是一个在海原的下午

边墙绵延，世事湮没

剩下的并不属于你

它们其实比时间庞大

正如我们在边墙走动

茫然四顾

山脉绵延

这些和大地的阴影并非毫无关联

挖 掘

余生已缥缈

仪式完成

马队踩踏四野

伟大的隐匿者呵

她缠绕月光路过的梦境：

这一刻多幽深！

下一曲会是朗姆酒海盗船

铁盖银川白和大夏贡

若是耽于回忆

你会看见晶莹的大海

她在那里

撼动经典古卷的迟暮

终究是另一个晚祷者

这么多的丰饶和微尘

于是我们完成这次挖掘：

若是明天她会醒来在安徒生的小小豌豆里

南 阳

总会有些事物
多年以后
沉下去
那么就消失
南阳却在眼前

她是一座中原的城
是我虚度和路过的晨光
在银川我偶尔会想起南阳
喝下一杯自酿烈酒
这与你的遥远根本无关

每天都是岁月穷尽
要么就拾柴上山
把那火焰高高升起
要么就发呆想想南阳
咀嚼一支老牌子塞外雪茄

你看那烟雾单薄

这是别处的一个南阳

再没什么可以言说

只有一生还在路上

途中还会与你相见

雪夜行路与吴姐老黄台湾友人大啖干绷羊肉

我们其实没有说的更多以及吃的更多

盘子里仅存两小块

他说那是来自内蒙古的干绷羊肉

他拿出绿色的猫王小音响播放一首和另一首蒙古歌曲

述说少年往事和台湾的蒙古族诗人席慕蓉

为肉食者鄙吗?

台湾老王今年 58 岁

他横渡了台湾海峡

他横渡了英吉利海峡

他吃一口生蒜

再一口羊肉

他喝贺兰山东麓的红酒

然后讲和他有关的爱情故事

从台北到上海

从上海到银川

他说终于第一次来到银川终于遇见中国北方的大雪

他看看对面的二八芳华老婆说自己还未上火

一场盛宴一群人

一个雪夜一个吴姐和红衣老黄

一个台湾男人和另一个台湾小女人

一盆干绷羊肉夺走了燃烧的银川小小的胃

美食烈酒佳人和明日的小寒

看着手机的她说滴滴打车自己排在了第 22 位

她说我在台湾咋用支付宝

他说我在银川翻墙看你们的东森卫视

他说她说雪夜行路可吃在银川的内蒙干绷羊肉

酒肉融合如内蒙的送亲谣曲与爵士布鲁斯的自我还乡之歌

他们穿过海峡和大陆悠长如青兰舍的干绷羊肉之歌

石头遮蔽了草原和苍穹

亲爱的

前面有路

笔直的纽约第五大道

穿过亚细亚海岸线

那是值得让爱情发光的事物

当年我们曾以为

她是永恒的

但一切变化了

哦

亲爱的

在草原你不仅仅看见秋天

那残尽的绿色、夺目的刹那

而你靠近她们

远方的尽头

石头遮蔽了苍穹和万物

石头紧绷了青草的飞翔

石头在那儿

即使他们矗立

草原生长了燃烧，灰烬、原野

忍受了太多的眺望

一生依然那么遥远

活着令石头为之痛苦

是的

即使你在草原策马

来到乌兰察布寻找一个姑娘

石头遮住了她忧伤的牙齿和焦灼的脸庞

那是骨头与沧桑的距离

那是石头穿越疼痛的恨意

是啊，乌兰察布的姑娘

一个他在暗夜怀念着仇恨、匕首

那一刻，他历经了你曾阅尽的沧桑

那一夜，月光打在草原

石头落在秋天的乌兰察布

一阵喜悦一阵悲欢

一些尘世一些念

亲爱的

他坐在不远的敖包里

这个夏天酒事不断

你喝下去这些

就如在银川饮下一杯烈酒回春

黯哑的石头飞翔在此刻你吹气如兰的喑哑星辰

云在蒙古高原

一

云在高原

蒙古的高原

不必一路狂奔

尽可在大海的云朵里航行

清澈的这些浪花

漂游在人类的又一个秋天

还用说起那一个下午的往事之书

曾经和你说起蒙古秘史

仓央嘉措一生中最后的漫游

红衣的喇嘛面无表情

他喑哑了对往生的追溯

此生即是身后事，是尘封的往生之书

我们还是要追逐的

招蜂引蝶，揽云望月

云在秋天

这些缥缈的巨大幻象

使你我背负可知的命运

二

有路即是敞开

有云即是命运高悬

有飞机轰鸣穿过云朵

即是此在

而在舷窗下

你看不见什么

她们笼罩了高于天空的一切

以至于秋天的奔走

大地无法安放的——

一只鸟，一位他者

一座山，一滴水

是啊，恍惚的，如朝圣者的灵魂

明明暗暗的

山峦在傍晚的昏黄里

吐出这一天最后的荣光

前路有期

君有归意？

路是向前

遥遥可期

云在蒙古高原

你可在此饮下一席河套老酒

继续怅惘前面的

已知的

交叉小径

或者博尔赫斯并没有在那个花园里说：

哦，夜莺和黄金的云

和蒙古高原流淌着秋天的

金晃晃的内心澎湃之灯盏

在云下的岁月明灭可见

写在西吉的舒雅 * 之诗

他们在暗夜降临

这并非幻觉

他们各怀心事

内心密织暗下来

的浴室之光

微笑着喧嚣

穿越山岗，原州，西吉

已然是颤栗者的怀念：

树影飞起于速度的日光照耀

车窗外

雪和鸟落满清冷的光辉

她们飘忽

公路蜿蜒

后视镜映射即将沉下的水滴铜镜

孤芳自赏之后

我一人打马过山

而你的梦跟随又一个梦

悄然浮现谁心上

如是你的欢颜纷繁

如是总得有什么被一点点折断

如是你面对铁与火的花童之歌

　"在垓下他卸下青铜重剑

甲胄与一生的寂寞之痛"

如是你是幻想的风景

如是你是西戎的远古之月

如是即使你是杀伐的湿漉漉的地铁玫瑰

　"吃土豆的他坐在灯下挑灯读经

这是热爱与承诺的抵至灵魂的华丽半生疑惑"

注：舒雅，西吉县一宾馆名

163

在有酒的天空下：写给许大乐先生

当你打开这些黑色的泡沫

苦涩与欢乐相伴

吉他弹奏起夜色凋零

他们纵情欢歌

一个人的朝圣注定孤独致死

一个人的大麻就是过度自我

那么请让我为你唱首月下之歌

独酌不如对影成三人

这一夜潘多拉来到银川

堆积的魔盒散发出迷离之城市霓虹

老姚的光头生出几根寂寥白发

映出酸啤酒的爵士派对

我们曾经一起高呼 ROCK & ROLL

我们曾经在帝都寻找理想

2003 年青年徐丹坐在费家村的中央怀抱民谣吉他

他或许已经遇见今天严谨的乐手大乐

在迷幻的节奏中他拨动丝弦

那是又一个梦幻之旅

他穿越自己而不能自拔

那夜我们喝了太多的芝加哥烈性啤酒

一个虚拟的歌者她如飞仙凋落人间

有酒挤满了更多的沉溺于飞翔的小小人儿

就连卡夫卡也爬出了洞穴

嘿，哥们如果你在 2016 年夏天按响她家门铃：

老顾在

喆妹在

李爵士在

李晨阳在

平子她在

老姚更在

而宁夏混子刚刚离开

在有酒的天空下：苦艾之欢

去有酒的路上

如果早一些

你会遇见生活

卖菜的小贩

卖水果的小贩

卖饼子的小贩

这些眼睛滴溜溜转着

时刻提防被城管驱赶和捕捉的中国银川胜利街小贩

我们此刻已坐在有酒

见人就有酒

在窄小的吧台

一人一支白啤黑啤酸啤

生活这时就是有酒

就像和你在一起

就是忘记了你

只有酒是救

宁夏混子和他的夜晚人类在此开怀畅饮

用夹生的英语唱起《答案在空中飘荡》

多少有酒之事

均付扯淡中

而李晨阳的胖手抚摸吉他

今夜他不关心人类和爱情

他只是嘶哑着嗓子唱起无感之歌

一群人闪亮在酒色迷茫中

那一定是另一条道路：

独奏，自我，有酒，无欢不歌

而在朦胧中

你带着鸭舌帽向我逼近

在有酒的天空下

夜色越深

小巷的路灯湿漉漉的

一辆夜车驶过远方的街道

她发出了冷冷的呻吟

姚欣开启又一瓶诺曼底之酒

小院泛起苦艾之味

而那胃之深火将在你登陆之后丧失律动的焚烧！`

宁夏盐池冯记沟迷墙之旅

如果芦苇在凛冽的风中盛开

我们足以去面对晨光消逝之后

那早已停歇的寂寞公路

她更象是博尔赫斯的迷宫

一条交叉小径安静于迷墙与你之间

这是有得失的一个时间的停顿点

这或许是地球起风了

或许是那么多人类的迷途

灵魂无所依的暂时栖居所

总得要在一点所谓的忧伤中

带上些许慵懒

以及一瓶扳倒驴入胃的瞬间燃烧

但是你要知道

大羊为美

大羊王维

盛唐诗篇

明灭不见

唯有冯记沟

唯有一段墙

烂在沸腾的锅中

任滩羊肉闪出穿越古今的异象

却不会给你任何安慰

也因此你是那等候的使者

陷入迷墙

鼓击声声入耳

她们会编织出多少未知之城

她会端出多少谎言的盛宴

哦，盐池大羊为美

华服艳颜

我们空对盐池

冯记沟的迷墙仍是一派绚烂

光在心中奔跑

我似乎少年轻狂

饮酒吃羊

我似乎看到你和我的好时光

她们遮住了太多的王者荣耀

迷墙就在那儿

就在那里

我听着你在星空下缓缓地流淌

幻化出梦幻大海的方向

曼彻斯特的银川

你完全不懂

今年的春天在说着什么

你在曼彻斯特，海峡那边

你说

亲爱的

现在悲伤为时尚早

还有大把时间给我们摸索

但银川的沙尘已经来到

贺兰山

在远方模糊

大厦淹没在昏暗的时光里

戴着口罩

我们比卑微还要无所适从

那些疫情新闻

比俄罗斯和乌克兰的战争

比那些野蛮人

离得更近了

其实你未必能离开曼彻斯特

就像我无法远离自己的所在

每天起床

刷牙

吃药

洗脸

然后走在街头

看行人们和那么多的我

面无表情

走啊走

走啊走

说不清自己是在你的曼彻斯特

还是我的银川

第三辑　望贺兰

如果没有东山

如果没有

如果没有东山

你说

还会有其它的山

当然

如果没有山

就不会有东山

也不会有我们曾经坐着绿皮火车

多年前去那一座山

山里有那么多的大海

和我们住过的荒芜

两个人依偎而坐

看着山楂染红了银川的秋天

如果，你总说

山是那么遥远

我们却说

看，山就在城市的边边

那里一定有你向往的东山

那里有冉冉升起的太阳

有些人

追逐着蝴蝶的音符

他们的身影

被微笑和春天环绕

但这会是你依稀记得的东山吗

我们路过了太多的山

我们遗忘了更多的自己

譬如像山一样的父亲

在记忆里他音容全无

我们其实已经看不见那些山

她们站在那儿

却疏离于你我无语的眼神

东山已远

人在天边

如果我们不再说起东山

如果我们说

山上无山

那一天

我们在银川城里就这么走着

春日料峭

寒意弥漫

那个掩面在沙尘里躲避的男人

他比东山更远

贺兰山巡石记

2022年6月3日，端午节，与当代艺术家萧煜、80后诗人王西平同往贺兰山。萧煜在宰牛沟写生，王西平影像，我无所事事，后我等在满葡小镇做核酸，遂赋诗一首以示纪念。

起床便迎见雨

昨晚我们吃着牛肉火锅

喝德国精酿小麦

说贺兰山今日晨曦和阳光

说遇人不淑或者青春迟暮后

还在吹牛的理想

山上一日

真的是世上千年

但世界已物是人非

我们不知为何奔忙

你看，即便今日不见阳光

我们说：还是上山去上山去

山还是这座贺兰山

石头还是沉默的石头

我们从小在这里

生长和拔节

却已不是我们自己

我们不知这些石头是不是我们

是不是我们曾经坚硬的少年心气

等我们想亲近你

亲爱的你

那些铁丝网和摄像头将我们禁止

甚至有风

她们吹起我黑色的外套

她们在谈论诗歌的节日

狠狠抽打我的后心和软弱的肉体

就像这些被铁丝捆住的石头

它们甚至无法遇见西西弗

它们的命运

就连自己也无法背负

而我扛着一个巨大的头颅

向远处的道路望去：

石头在密麻的雨丝里

他们密集 微不足道

其实我们何尝不是如此

其实我们更像星星的尘埃

在白昼的夜幕下不见踪影

而贺兰山的石头

我和你看见的是山脚下那些石头

袒露在干涸的山沟里

在茂密的野草，眨巴着眼睛的野花怀里

一声不吭

它们不会等待谁

萧煜在公路边支起画架

将这些石头，涂抹上世间的七彩

这是端午节的一个上午

为数寥寥的男人们无话可说

只有风猛烈地刮过

我看着灰蒙的天空

远眺苍茫贺兰

此刻，并没有鸟飞过

野草的香味刺鼻入肺

我看见石头和石头间一朵野菊花摇曳

她和石头之间是干净的

风吹过她欲望的花瓣

我们也该下山了

他们说该做核酸了

在广场上，我们面无表情地排队

萧煜提着一个袋子

那是我将带回城市的石头们

他们彼此依偎

不知我们将去往哪里

大海停留之处

在贺兰山上遇见很多长苔藓的石头。这些像铁锈一样的苔藓，已经失去了生机，依附于石之上，在阳光的暴晒下，显得有些沧桑。而那些绿色的苔藓，在夏日的时光里，盎然着，青青翠翠。望着不远处群峰之上的白云，我想，这些石头，在亘古以前，曾是大海的停留之处。

——题记

那些记忆不堪回首

波塞冬的白马

驾驶着黄金战车

大海腾起巨浪

愤怒比怒火还要滔天

但就像灿烂归于平息

日光有时候会像敲打你的鞭子

却在更多的年代里

和你一起喝酒干杯述说往事

是啊，兄弟

和你的大海不同

大海就是大海

鸟就是鸟

而山在你的眼眸里

或许已不是山

它现在是我们走进旷野

目光所及的一块块石头

在炽热的阳光里

反射自我之光

巨大，微小，不规则

它们身上沾着泥土

与蝎子，麻蛇子为伍

它们有一些

沉默于青菜丛中

它们有一些

依偎于绽放的野菊花身畔

看着她们像星星一样

在白昼里摇曳闪烁

就如大海停留之处

翻起一朵朵奔放的浪花

但一切并非如此

一切其实在远古

山就是大海

就是深不可测的未来

而只有石头

留下这些痕迹

"那是叶子的纹路

她是未知之树

或是我们无法遇见的植物"

她在山中自语

海水淹没了她的声音

大海停留之处

爱如石头滚滚而来

你看见的石头饱满有力

长满绿色的苔藓

你看见的石头已经生锈

那些暗淡的苔藓被暴烈的日光抽打

是的,正如你说

一切都是命运使然

大海停留之处

波塞冬和黄金战车不过是海浪卷起的神话

山就在那儿

贺兰山就在那儿

我们和石头也在那儿

我和你就这样听见了大海

大海就在那儿

她将拥抱我的一生

她的停留之处

就是已知的命运之巨浪和石头一起在山的荒野飞奔

致 R 及登唐古拉雪山所记：有你的山巅

有你的山巅

飞鸟和鹰隼如闪电

天蓝如你的眼睛一样清澈

黄金闪耀在蓝色沉静的江水里

和白云流浪在空空荡荡的天际

映照出我疲惫的长满胡须的脸庞

有你的山巅

海拔是最高的

石头石头亲密无间

雪堆着雪

冰川在沟壑里蜿蜒

阳光刺目，比你的怀抱还要寒冷

我走在那条路上

苔藓稀疏无以为伴

它或许第一次被人类路过

在路上，我只听见巨大的风声

它们席卷了时间和记忆

只留下一个旅人无望的深深喘息

"登高并非只是望远！"

在有你的山巅

乌云压顶，死亡高过一切

生命何其短暂而悄无声息

寂静比寂静还要喧嚣

沉默者始终是沉默者的大多数

而我总想寻找青鸟

在你的山巅却只有比沙粒还要密集的石头

它们砸向天空和亘古的荒原

今天就是一个人走在孤独的唐古拉星系

步履蹒跚，内心充满恐惧

那一刻你是黑暗的星系

"在悬浮的宇宙里

我们都是无知和无畏的个体！"

而我来到你的山巅

我能抚摸那些尘封亿万年前你的气息

就在那儿，她不是沧桑

不是岁月的焦灼回响

一切都是你的山巅

一只鸟和一只鹰隼飞过

更多的天空和石头陷入你的清澈

今天我来到西藏和雪山

在山巅无法遇见雪莲

在昨夜的梦中却望见了山巅和你

今天上山去

今天是 3 月 26 日

平原说：上山去

哦，今天

我和你们上山去

每年这一天

都是怀念你

都会有一首诗

和更多的诗

爱的诗

悲伤的诗

月亮和太阳的诗

那么多诗

那么多的晶莹剔透的诗啊

在这一天的贺兰山下

飞起又轻轻跌落

今天上山去，亲爱的

今天我一个人上山去

旷野和我空空荡荡

我上山去看看你们

我们会堆起石头

在苍穹下祈祷

为那些不再飞行的大鸟

为盛宴之后

长安和大银川的花开花落

今天我就是上山去

天气预报说有大风将刮过河流和山岗

今天那么我就上山去

路上有风吹过的青草倒伏

扶起你们，静静的你说

我们穿过了宇宙和白矮星

你为什么还不抱着我

看繁星在大地的花园

唱起黑暗中那永恒的生命焰火

是啊，我这就上山去

这是春天的荒野像你芬芳的面颊

萧煜画下石头张望远方的模样

阳光下

你站在那里像谁家的阿依舍

你说这是春日下午的贺兰山

她们除了怀念还有纪念

一个人总得消逝于光线的舞动里

就让我们把这些缤纷的时刻

留在这巨大的山野

上山去

上山去

今天上山去

亲爱的

山上有水的清音

她们欢喜地流淌

你看大风吹过那么多尘封的不安之心

我知道你说的曙光究竟是什么意思

总有一个日子可以怅惘贺兰

总有一个下午驱长车怅惘贺兰

我们总是在等着更遥远的那条长路

甚至为此将太多的语言付诸于黑暗与无尽的沉默

那是另外一些被时光敲打出的孤零零的内心岛屿

被蓝色的暮光之城遮蔽了银川和永宁

工作。时日。退守自身的羊群雪白

堆满贫瘠沟渠的骨头在你的目光中滚动太初之火

如何生如何死如何堪破一棵树在旷野中发出呐喊

这又是怎样的赤裸缠绕相对于冬日漫漫路途

总有一个下午我们感觉到彼此的寒冷与恨意

这迟滞的寂静之火打湿了一支烟在你的手中缓缓燃烧

也是我们不堪忍受的闪电划出的弧线之舞旋转如你如夜如美

如阑珊

但饥渴的它们掠去鸟的喃喃自语在明天的又一个黎明
　"你说的曙光究竟是什么意思"

而在你的梦中总有一个人在火中取栗在一个清晨焚香似火
而在你被打开的一瞬总有一个清晨梵音缭绕心急如焚：

山中不觉醒
大梦春秋年
我看茱萸火
心有余戚焉

当群星闪耀时

当群星闪耀时
小镇风在乍起

明月高悬
这是弯刀
它切开岁月肋骨

有什么迅速流泻
看见你吐出
彻骨的寒意
莲花就在此时绽开

她踱步
抬头观星象：

当群星闪耀时
你是庞大之美
小小的将我深埋

山谷布鲁斯

今晨不同以往
更多的是倦意

一个个梦如飞鸟
山谷，她是巨大的幻觉

在世上
只有你的臂弯
可以缠绕
这一场大雪纷飞之后的
爱与洁白

此刻已是白昼
心中还有星辰闪耀

她过于璀璨了吗
世界寂静

只有天鹅之翼

这是又一个巨大的宇宙

环绕了世界最美好的时光

我起初是一个瘦子

现在是一个死胖子

我走在雪中

脸色红润

她们不断地落下来

布鲁斯旋转出欢快的鼓击

在你目光触及之处

我走得更远

有一点疼

而那不过是来生的事情

风 暴

风暴卷起肉体时总有短暂的平静

在盛夏飞翔你比太阳城还将耀眼

我们注视这些冗长的年月

其实很快了

暮色来临前

我们就站在贺兰山金黄色的阴影里

我们也许根本看不见自己

世界和即将闪逝的流云

也只是动了一动

一切遥远的如同

你在今夜的沉睡

即使遇见什么

也不会在月下

凝视星空旋转

这只是庞大的呼吸

而现在是下午银川的梦幻咖啡馆

她漂浮起黄昏的星辰

而此刻街角风起

一个女孩像罗拉一样在柏林奔跑

她和我们一样

躲避着西部夏日炽热的风暴

时空之镜

——为萧煜画写的三首诗

我们在旷野中苏醒

这一天，是的

我们在旷野中苏醒

我们在清晨里望见山鹰

它巨大的黑暗笼罩了

阳光的细微部分

但你遮蔽了比我还要多的炽热

它们比晚风暧昧

还要沉醉

此刻，亲爱的

我还在草地上沉睡

我梦见午餐的赤裸

人们往山上走去

他们爬出轿车

依次行进在山的边缘

眯起眼睛

旷野中

那个加利福尼亚的波本小子

叼着雪茄

他似乎想起了什么

或者是昆汀

或者是萧煜

或者是自以为是的宁夏混子

我们在贺兰山的旷野中醒来

苍穹下

旷野愈发显得沉默

她是这样的一个倾诉者

但爱压根不需要莱昂纳多的倾听

你在眺望远方会突然思凡

在山上我们都选择了眺望

在她巨大的肺里

我们得以呼吸

就像那个娘们

她忠告艺术家：

山野的草木

有情欲绽开的危险味道

我们终究是向远方眺望

向这座骏马之山

我们张不开嘴巴

在暗中逼近速朽的事物

胸腔燃烧着苍老的胸毛

哦，这些易逝的清澈

流淌着十月的恍惚与晕眩

因此你在眺望远方会突然思凡

她发动机车

空气里翻滚着烟尘与金属之歌

是的，你听见科恩说：
我在 6500 英尺的高山上
一间小木屋角落睡觉

注：最后两句引自著名歌手和诗人莱昂纳多·科恩的诗句

我们是山上唯一的艺术家

你是明亮美好的事物

你筑巢在山上

看着一只猫穿过虎克之路

你坐在电视机前发呆

弄一个天线谈情说爱

你在田野里挖掘内心

你是山上的唯一的艺术家

你甚至想

自己是山上唯一写实的

那个孤独者

但你此刻

在一个充满冷气的画室

和我们交谈

有谁会在此刻上山

有谁

在此刻把目光瞄准远离山影的非洲女人

还有多少

是我们面对时空之镜

诞生的荒诞之物

那我们就是山上唯一的艺术家

是更多的邂逅科特·柯本

喝着廉价的杰克丹尼

烈酒使艺术粗鲁

使进入更猛烈了

我们在山上就觉得自己是凯鲁亚克

在路上不是垮掉就是颂歌

或者我们是听风的加里斯奈德

手持威士忌酒瓶的金斯伯格

但我们似乎不是什么

现在想想只有萧煜是山上唯一的艺术家

他就那样站在公路上

看着远方和虚无的自我

那只黑猫看着他

穿越另一条尘嚣之路

何 处

记忆里有树

就会出现树

记忆里有桥

就会出现桥

记忆里有路

却不见路

只有何处

何处是一条路

梦来到你的何处

她不知道梦就在何处

我们也因此寻找

一条名为何处的路

她在城市的何处

是你还是我

或者是你的梦里

而世界呢

在何处

她不是一条路

她只是一座城

是不停修建的巴别塔

背着石头上山的西西弗斯

是从未建起的丝路明珠塔

她们清晰地站在那里

但这也不是我们的路

何处是归期

古人们总说

博尔赫斯说

何处在交叉小径的花园深处

一只中国的夜莺为病重的皇帝发出悦耳的声音

我们翻阅古卷

用手机下载付费软件

发现你在何处她在何处

其实对此我们早已心知肚明

那条路早已敞开

我们却还在梦中

惦念那些比梦还要深邃的

一团火焰

一粒芝麻

一张无字之纸

其实你也早已知道

何处不是问题

她在这儿或那儿

函谷关游人如织

那个长须老者

被固定在那儿

青牛暴晒在阳光下

与自拍杆同框

何处是青山

没有何处可以归于青山

我和你戴着口罩

走在城市的街道

和更多的羁旅者走进喧嚣

这是我们的终点

生与死

都是一条路

都归于何处

想去南山听风

想去南山听风
想去西山云雨
想去北山吹雪
想去东山溺水

或
见泉起意
或
见空起身

树生长草无名
洪水退去一个世纪
我此刻进入另一个虚无
她不是梦也不是此在之我

群 山

她是静悄悄的
群山隐伏黑夜

总是静悄悄的
总是火焰升腾

面对白昼
这些熄灭的星空
撒下肉体之灰

总是静悄悄的
伶人在西山披发作歌
东山是你在采篱吗
总是看见了缓慢之役
她总是静悄悄的

"我们就是被称之为生生不息的群氓

在车站被塞进绿色闷罐车

从银川前往西伯利亚的旅途静默

在路上我总是静悄悄的

痛饮最后的伏特加和铁盖白……"

尘慢记

如果你睡思昏沉

不用点燃炉火

茅德·冈已是尘土

风一阵一阵吹过村庄

春天还有这么多的好时光

只是树木喑哑，草亦然枯黄

我们路过彼此的一生

如果你打盹，充满对生的倦意

那就是黄酒小盏

内心腾起光，风暴

大海此时平静

如果你游弋于一棵树木的深处

她绽开枝丫，呢喃着

昨夜的繁星

冬去春来，醒来的人似乎比梦消逝的还快

如果，约翰列侬说

LET IT BE

其实你不知道

保罗·麦卡特尼为此曾经失意

他写下了一切

却无法改变一个新时代

那就去他的

如果你似乎在冥冥中遇见那个人

你就得跟上

慢一点，慢一点

路上有土

鞋上沾泥

雪大沟深

此去有期

而君归未有期

我是这洗去粉墨的登场者

剧场如城

无人如蚁

我因此只能是

这一个慢下来的肥胖症患者

我看着镜中的他者

过江不见南山

是的，如果就在下午

你写下这几句

光线突然闯进

影子是转瞬的灿然

我们必须知道

芳华早已逝去

你不过是那个剩下的荷马

闭眼沉思

睡思昏沉

当你老了

世间其实就是尘埃弥漫

但它们仍然年轻貌美

如向死而生

别 处

总有些时间

是不可思议的

即使这些被遗忘的

流泻的倒影

黄昏里星辰上升：

夏夜低语着沉没

她依然潮湿如玫瑰

湿漉漉的花瓣绽放迷迭之香

总有些路过的雨水

悲欢或离合

有情或有意

我们总得为盛开耽搁过多的前程

这些奔跑的城市小兽如大麻沉睡

当我点燃多余的一支雪茄

她并非来自哈瓦那或是阿尔巴尼亚

而这已是莎士比亚

以及博尔赫斯的中国夜莺

她曾说起我想去的贺兰山

总有些事情明灭可见

在我不曾抵达的峰顶

总有些月光弥漫

总有些别处

消弭了时光

这些未来已不可预知

"暮光之城开启了哥特之声

身后魅影重重

那杯杰克丹尼多么晶莹

她倒映出星光满怀

或者你们干脆就称之为灿烂"

这雾封锁了道路

这雾封锁了道路、爱情、工作与时日
却使你沉睡的比时代还要安宁

在庞大的机车团队拥堵中
我仍然看见臂弯中的天鹅
惺忪睡眼
像玫瑰在模糊的晨曦迸射洁白之光

乞力马扎罗山的雪在燃烧
贺兰山的雪在燃烧
银川的雪在燃烧
帝都大雪燃烧三日

你飞过小镇的湖面
雾气弥散
人世荒芜
我望见雾中的天鹅：

她像水中的波光潋滟

倒映出

一生美艳

半生烈酒

一朵爱情

曼德拉岩画记

这一刻是沙漠从云端耸起

沉下的是恒河之旅

那是洗不去的光阴

一个小时代的美好派对

一支雪茄飘出的哈瓦那

曾经还是左派的年月

格瓦拉的伏特加扁酒壶

塞进一张列侬和洋子的美颜照

那时我们多么热爱和平

其实更是在渴望爱情

这一刻便是远去的阿拉善

蒙古高原穿越呼麦的长啸

喝一口六十度的二锅头

雄起的却是那些石头

在山岗上暴晒着自身

这是另一种囚禁似的降临：

明月高挂曼德拉岩画峰顶

就连石头也静默如渺小

而她降临

或者星光和陨石

或者我们已不是

自我的拿铁或者卡布奇诺

一柄小勺

正好搅动舌尖的那一粒蜜糖

这似乎是奇异的世界

当石头降临

街角再也没有带刀之徒

他和那些人在黑暗中闪烁

更多的石头将我们和羊群淹没

骑上激流之声

骑上激流之声

世事苍茫

欲望毁灭了火焰

往事织就一夜的大雪

她咯吱咯吱地走

乌鸦还是鹊

今夜我想起川端

他的炉具

锃亮如你的夜歌

鼓击！她过于快

甚至速度也慢下来

帝都的那天

川音缭绕

郊区十三座王坟

生长青翠之草

有时候

美正如迪金森所言

如墓如斯人之远离

这是一个往昔的下午

大雨潇潇

这人不过是京华之过客

酒肆中与众生喧哗

宋江在人群遇见婆惜

手一颤

那酒杯忽忽便落了下来！

注定是大海高过屋宇

注定是大海高过精神之屋宇

是秋天遮蔽了季节的消逝吗

是乌鸦在麦田目见一个少年

他可以在你心里漫游多少个时辰与年月

是我们还给天空一片金色之梦

而她的天穹依然蔚蓝

她甚至只爱上了遥远

她不止一次说：

她过海，看山

这不过是另一个无法预知的未来

她此刻高高的闪烁着

缥缈的琼楼玉宇倒悬

她，就是

飘着就这么飘着

她把身子压得更低一些
她看得见中国的汉字
她们被古卷书写
一页页的宣纸
墨香昏沉
她会拥抱哪一个字
而哪一个是我
我呢，又会是哪一个

我只是被遗忘的
甘于见山
却不乐水
而山不是水
也不是琴

是的，今天又是一夜宿醉
她看着一切
世间没有太多的事
只有你高过了时间
以及
迎面而来的海水

她是晶莹

也是你打开一杯黑色精酿之啤

泡沫堆起

我们有时候认为这就是

她燃烧的火炬

在尘土中轻轻地摇轻轻地啊摇